JN035623

家族トンネル

辻上みひろ
TSUJIGAMI Mihiro

文芸社

目次

家族トンネル

一、入口～幸村美穂子～

美穂子は、自分の名字が大嫌いだった。日本の名字のトップ5に入る平凡な名字。学年に同じ名字の友人が必ずいる。大勢の人が集まる場所で、名字で呼ばれると、数人が振り返る。鬱陶しくて仕方がなかった。何かで目立たなければ人の記憶には残らない。そんな危機感のようなものに常に苛まれていた。容姿でも運動でも普通だった美穂子は、とにかく勉強を頑張った。学校の成績だけは、頑張れば頑張るほど成果が表れる。美穂子はそう信じていた。

高校で優秀な成績をおさめると、お嬢様学校で有名な女子大に推薦入学した。ブランド物のバッグや洋服に身を包み、有名なレストランでランチをするのが楽しかった。

「美穂子って、一つ一つはいいものを持っているのに、センスがないのよね」

風間友梨佳は、女子大付属の中学からエスカレーター式で入学してきた生粋のお嬢様だった。美穂子が合コンのために精いっぱいのお洒落をしていっても、そうやってこき下ろす。感じ悪い、と心の中で悪態をつきながらも、友梨佳には逆らえない。流行りの先端を行き、どんな装いでも着こなし、有名大学出身の男友達も多く、華やかな雰囲気を常にまとっている友梨佳には、いつも敗北感を感じていた。

「なんで美穂子には彼氏がいないのかしらね。作らないわけでもあるの？」

ある時、友梨佳が真っ赤なマニキュアに染められた爪をさすりながら聞いてきた。

「特に理由はないわ。好きな人がいないだけよ」

「出会いがないわけじゃないのにね。合コンだって結構誘ってあげているじゃない。その中に気に入った人とかいなかったわけ？」

上から目線の言動にカチンとしたが、

「そうね、いなかったわね」

と答えるしかなかった。

「翔太と同じ大学の男の子で、美穂子のことを気に入ったって言っている人がいるのよ」

友梨佳が赤く染められた左右の手の爪と爪をくっつけながら言う。

「宮原健也君っていうんだけど、美穂子の写真を見て『可愛い』って言っていたらしいのよね。会ってみる？」

友梨佳は少し笑いながら、上目遣いに美穂子を見ながら言った。

美穂子は浮き立つ心を抑えきれなかった。友梨佳の彼氏である松浦翔太は慶應大学理工学部の学生だ。

翔太とのお洒落なデートを報告してくる友梨佳がうらやましかった。誕生日にはお台場のホテルのスイートルームで過ごした、クリスマスには予約が一年待ちの三ツ星レストランでディナーをご馳走になった、友梨佳の話はいつもおとぎ話のようにキラキラとしていた。

「翔太君と同じ大学ってことは、慶應の学生ってことよね？」

「そうよ。ただし、学部は違うの。確か経済学部だったんじゃないかな。翔太とサークルが一緒らしいわ」

「写真って何の写真を見たのかしら？」

「この間、皆で箱根に旅行したじゃない？　あの時の写真よ。ほら、これ」

と友梨佳が見せてくれたのは、同じ学部の友人四人で出掛けた旅行の写真の一枚だった。

大涌谷の黒卵を手にして、四人でポーズをとった写真で、美穂子は少し伏し目がちに写っていた。

「下を向いているからかしら。睫毛の影がいい感じになって、美人に見えるわよね」

と友梨佳がさらりと言う。それじゃ私は、いつもは美人じゃないみたいじゃない、と切り返せればスッキリとするのだろうが、友梨佳相手には言葉が出ない。そんな自分がもどかしかった。

「美穂子さえよければ、セッティングするわよ。まずは四人でご飯を食べに行ってもいいし。どうする？」

そうね、と美穂子は悩むふりをする。本当は悩んでなんかいないのだ。即答したい気持ちをどうにか抑えていた。友梨佳に対して、ガツガツしている自分を見せたくなかった。

「美穂子が乗り気じゃないのなら、別に断ってもいいわ」

友梨佳が美穂子の心を見透かしているかのように、冷たく言い放った。

「ご飯を食べに行くだけなら、いいわよ」

「そう？　じゃ、翔太に言っておく。日程を何日かピックアップするから、そのつもりでいてちょうだいね」

友梨佳はひらりと手を振ると、バイバイ、とその場を去っていった。真っ赤な爪がキラリと太陽に反射した。

慶應大学経済学部の学生か。いいんじゃない？　うん、悪くない、と美穂子は思わず小躍りしそうになるのを何とかセーブした。

数日後、友梨佳に連れられ、渋谷のお洒落な居酒屋に行った美穂子は唖然とした。紹介された宮原は、翔太とは全く違う人種だった。

すらりと細身の翔太に、熊のように真ん丸とした体型の宮原。

今風の髪型にお洒落なシャツを着こなしている翔太に、寝癖がついた髪型のまま色褪せ気味のポロシャツを着ている宮原。

「やぁ、美穂子ちゃん久し振り」

と爽やかな笑顔で片手を挙げる翔太の横で、どこかオドオドと自信なさげに美穂子を見る宮原。

はめられた、と美穂子は思った。友梨佳は自分の彼氏を自慢したいがために、わざと冴えない宮原を連れてきてマウンティングしたのだ、と思った。

「美穂子、こちら翔太と同じサークルの宮原健也君。優しくてとってもいい子なのよ。宮原君、こちら私と同じ大学の美穂子。田舎っぽいけど、素朴ないい子よ」

なんて紹介の仕方をするのか、と美穂子は心底友梨佳を軽蔑した。その日のことはあまり覚えていない。ただただ屈辱を感じる時間だったことだけは、今でも忘れていない。

「もったいないな。宮原君、とってもいい子なのよ。絶対に浮気しないと思うし、美穂子にはああいった誠実な男性がお似合いだと思ったのに」

友梨佳がそう言うたびに、自分は見下されているのだ、と思った。絶対に友梨佳だけには負けたくない、と心に刻んだ。

美穂子は猛勉強すると、大学を首席で卒業した。卒業式には総代を務め、壇上から学生たちを見下ろした時の爽快さといったらなかった。友梨佳を含め、皆に勝ったのだ、と誇らしい気持ちで胸がいっぱいになった。

総代のスピーチを終えたあと、多くの友人が、

「美穂子、良かったわよ。緊張しただろうに、すごく堂々としていてかっこよかった」

と言ってくれる中、友梨佳だけは、

「美穂子の総代のスピーチ、なんだか平凡だったわね。全然心に残らなかった」

と言ってきたが、どうせただの負け惜しみでしょ、と気にも留めなかった。

美穂子は大手電機メーカーに就職した。配属先は秘書課で、美穂子は専務取締役秘書として働くこととなった。

「秘書課って家柄がいい人が配属されるのよね。それに綺麗どころ」

同期に言われ、悪い気はしなかった。だが、秘書課は働きやすい職場とは言い難かった。皆、澄ました顔をしており、話す言葉も丁寧であるがうえに、よそよそしい感じがした。そして、秘書についた役員が出世すると、何故か自分が出世したような気持ちになる。そんな秘書課独特の空気が苦手だった。

美穂子が付いていた専務取締役は、それ以上役職が上がることなく、系列会社の社長として出向してしまった。そこに勝負は存在しないのに、自分が負けたような気になり、しばらくは悔しい思いをした。いつしか秘書課の空気に美穂子は染まっていた。

次に付いた役員はヒラの取締役だった。今度は秘書課の中で一番下に位置しているような気分になる。会長秘書や社長秘書が胸を張り堂々と歩いているのを見ると、自分もいつかはああなりたい、などと勘違いをしてしまう。役員に序列は存在しても、秘書には序列がない。なのに、そう錯覚をしてしまう不思議な世界だった。

幸村徹と知り合ったのは、秘書課の中で肩身が狭い思いをしていたそんな時期だった。

その当時、徹は営業一課に所属しており、営業本部長とともに、今期の営業報告をしに、社長室に訪れることが数回あった。

「営業一課の幸村さんって、若いのに優秀らしいわよ。本部長と一緒に社長に説明に来るなんて、有望株筆頭よ」

と秘書課の先輩たちが囁いているのを聞き、美穂子も興味を抱いた。何よりも名字が良かった。幸村だなんて、名字に『幸せ』の文字が入っている、自分の名字にコンプレックスを抱いていた美穂子には、それだけでも憧れの対象だった。

秘書課には、世間から見ると美人と言われる女性が多く所属していた。美穂子自身、美人かそうでないかの二極で分けると、美人の部類に入っているほうだとは思うのだが、自信がなかった。

だから徹から声を掛けられた時は、嘘だと思った。声を掛けた相手が自分だとは信じられなくて、思わず周りを見回し、そこに誰もいないことを確かめたほどだった。

「あの時の美穂子は面白かった。大きな目がもっと大きくなってとても可愛かったよ」

付き合い始めてからも時々思い出して徹はそう言ったものだ。

徹と美穂子が付き合っているという噂は、あっという間に秘書課の間で広がった。皆、

信じられないといった反応だった。中にはあからさまに、

「なんで幸村さんったら、あの子を選んだのかしら」

と美穂子に聞こえるように言ってくる先輩もいた。しばらくは美穂子自身も信じられず、徹にからかわれているのではないか、付き合っていると思っているのは自分だけで、何人もいるガールフレンドのうちの一人なのではないか、と疑心暗鬼になっている時期もあった。

だが、正式にプロポーズされ、お互いの両親に紹介され、結婚式の日取りも決まると、ようやく実感が湧いてきた。

結婚式に呼んだ友梨佳の悔しそうな顔を見て、あ〜、私は勝ったのだ、ようやく負け組から勝ち組の枠に入ることができたのだ、と美穂子は心の中で、何度もガッツポーズをした。

そして今、リビングに飾ってある色褪せた結婚式の写真を見ながら、美穂子は呆然と立ちすくんでいた。

あの時の徹は、一体どこに行ってしまったのだろうか。私は一体何を間違ってしまった

一、入口 ～幸村美穂子～

のだろうか。私はいつになったら満足いく人生が送れるのだろうか。美穂子の目の前に、出口の見えないトンネルがぽっかりと穴を開けているようだった。自問自答する自分自身が変わっていないことに、その時の美穂子は気付いていなかった。

二、入口 〜幸村正義〜

正義は自分の名前が大嫌いだった。「正義」、と書いて、「まさよし」、と読む。親の気持ちが見え見えなところが嫌だった。何が正義だ、正しく生きろ、だ。ふざけるな、といつも思っていた。

幸村正義、という字面も嫌いだった。パッと見た感じが硬い印象なのも嫌だったし、戦国武将みたいに見えるのも嫌だった。下の名前も嫌いだが、名字も真田幸村と同じ漢字なので嫌だった。真田幸村は名将として歴史に名を残しているが、所詮負けた側ではないか、と思うと、そのことも腹が立って仕方がなかった。

母の美穂子は、常に優秀であることを求めてきた。運動会では一番を取ってきなさい、勉強は常に先を行きなさい、と正義にプレッシャーを与えてきた。

それはおそらく、父の徹からのプレッシャーによるものだと思っている。

「パパはすごいのよ。早稲田大学を出て、今も大手電機メーカーの営業部の課長として活躍しているのだから」

正義が初めてそう聞いたのは幼稚園の年中の時だった。わせだだいがく、と聞いてもわかるわけがない。えいぎょうぶのかちょう、と言われてもチンプンカンプンだったが、とにかく父は偉大だ、と母に刷り込まれた。

正義の幼稚園での生活は、忙しい日々だった。月曜日と木曜日は学習教室、火曜日と金曜日はスイミング教室、土曜日は英語教室に通っていた。水曜日だけが習い事のない日だったのだが、その日は必ず誰かと遊ぶ約束をしてきなさい、と美穂子が命じた。

「お友達がいないなんて恥ずかしいのよ。ちゃんとお約束してきなさいね。そうね、トモ君がいいわ。トモ君もピアノや英語を習っているから、気が合うでしょ？」

美穂子はそう言うのだが、正義はあまりトモが好きではなかった。ケイちゃんやえっちゃんと一緒に園庭の裏庭によじ登って遊びたかった。一度、ケイちゃんの真似をして、裏庭によじ登り、小さな山の斜面を滑り台のように下った時は、気分爽快でとても楽しかったのだが、美穂子にはこっぴどく叱られた。

「どうしてマー君はこんなにおズボンを汚したの？　ママ、洗うの大変でしょ？　お願いだから二度とあの裏庭には登らないでちょうだい」

美穂子にそう言われてからは、一度も登ったことがない。休み時間にケイちゃんたちが笑いながら駆け回るのを見ながら、園庭の片隅でトモとちまちまと遊んでいた。つまらなかった。トモはおとなしい男の子だった。身体も小さく、どこか弱々しい感じの子だった。つまらない。正義はふと、トモにいたずらをしてやろうと考えた。砂場の砂を少し摘まむと、トモの膝にぶつけた。

「マー君、やめてよ。砂がかかったよ」

トモがチラリと正義を見ながら言った。生意気だと思った。今度は少し多めの砂を掴んで、胸の辺りにぶつけた。トモは今度は無言で立ち上がると、胸の砂をはらい、再びしゃがむとおとなしく砂で何かを作り始めた。つまらないな、と更に正義は思った。砂で何かを作るより、走り回ったほうが面白い。トモに砂をぶつけて逃げたら、追いかけてくるかもしれない。そうしたら二人で思いきり走り回れて楽しいかな?

正義は再び、砂を胸にぶつけた。

「マー君、やめてよ」

と今度は強く言い返してきた。立ち上がって砂をはらおうとしたトモを突き飛ばした。突き飛ばして逃げたら、トモが追いかけてくるかもしれないと思った。だが、トモはその場にひっくり返り、ワーッと泣き始めた。

「どうしたの？　何があったの？」

とヨウコ先生が飛んできた。マー君が、マー君が、としゃくりあげながら、トモが正義を指さした。

「マー君、何をしたの？」

ヨウコ先生が、トモをギュッと抱きしめながら、正義のことをじっと見る。あ、先生は僕が悪いと思っているんだ、と正義は反射的に思った。悪いのはトモなのに。トモが何も言わずに一人で遊んでいるから、一緒に遊びたかっただけなのに。正義は心の中で叫ぶとワーッと泣き始めた。

「どうしたの？　マー君、どうしたの？」

トモが驚いて泣きやむ。ヨウコ先生も驚いて正義のことを抱きしめた。

「二人とも泣かないで。わかったから。どっちも悪くないよ。仲良く遊ぼう」

ヨウコ先生はそう言って、トモと正義の頭を優しくなでた。ヨウコ先生の胸が温かくて、正義はずっと抱きしめられたい、と思った。

トモとはその後、普通にまた遊び始めた。トモが作る砂の山に落ちている木の棒を突き刺したり、石を置いたりして、怪獣みたいだね、と二人で盛り上がった。

その日の帰り、美穂子が迎えに来た時、ヨウコ先生が何か話しかけていた。少し嫌な気持ちがしたが、正義は気が付かないふりをした。帰り道、美穂子が、

「トモ君とけんかをしたの？」

と聞いてきた。ううん、と首を振ると、

「そう。さっきヨウコ先生が教えてくれたから。トモ君、急に泣き出したんだって？　そのあと、マー君も泣いたんだって？　一体何があったの？」

美穂子が正義と繋いでいる手を、前後に振りながら聞いてきた。正義はその手をギュッと強く握る。

「二人で砂遊びしていたら、ちょっとトモ君に砂がかかっちゃったんだ。そうしたらいきなり怒り出して、泣くんだもん。すごく驚いちゃった。ヨウコ先生もトモ君の味方をするから、悲しくなって僕も泣いたの」

「そうだったの」

と美穂子も正義と握った手をギュッと強く握った。

「トモ君と遊ぶの、もうやめる？」

美穂子の言葉は意外だった。これからもトモ君と仲良くしなさい、と言われるとばかり思っていた。正義は美穂子の顔を見上げながら、

「ケイちゃんたちと遊んでもいい？」

と聞いた。正義が言うと美穂子は眉をひそめた。やっぱり駄目なんだ、と正義はがっかりした。

「マー君はケイちゃんと遊びたいの？」

美穂子に聞かれ、正義はうん、と小さく小さく頷いた。声に出してはいけないような気がした。僕はずっとケイちゃんやえっちゃんと遊びたかった、と心の中で呟いた。

「ケイちゃんたちと遊んでもいいけど、泥だらけになるのは、ママ、ちょっと嫌だな」

美穂子は正義を見下ろしながら、そう言った。やっぱりそうなんだ。ケイちゃんたちと遊んでほしくないんだ。正義はとっさにそう悟った。

「別にケイちゃんたちと遊びたいわけじゃないよ。トモ君と遊ぶ。仲良くできるもん」

正義の言葉に美穂子はニッコリと微笑む。幼いながらに自分が正解の言葉を言ったのだと、正義は思った。美穂子にとっての正解の言葉を。

「じゃ、学習教室に行きましょうね」

正義は、うん、と頷いた。その時は、ケイちゃんたちと遊べないことよりも、とにかく美穂子の笑顔が嬉しかった。

学習教室での勉強は好きでも嫌いでもなかった。その日先生がくれた用紙に答えを書き、丸をもらうと美穂子の前で先生が褒めてくれた。

「マー君、すごいんですよ。もう一年生まで進んでいるんです」

正義は嬉しくなって、美穂子の腕に抱きついた。

「あら、でもひかりちゃんは、二年生まで進んでいるのかしら？」

美穂子の視線の先には、各生徒の進捗状況を示す表が貼ってある。正義と同じ年中のひかりは、すでに一年生のドリルを終え、二年生のドリルに進んでいた。

「そうですね。今のところ、ひかりちゃんがトップですね。でもマー君だってすごいですよ。年中さんで、一年生のドリルをしているお子さんなんて、そうそういないですよ」

「でもひかりちゃんは二年生まで進んでいるんですよね。すごいわ。ね、マー君」

正義の胸の中にモヤモヤと煙のような塊ができた。頑張って二学年先のドリルまで進んだのに、美穂子に承認されないという不満の塊だった。まだ五歳の正義には、それが何かはわからなかったが、その塊は次第に大きくなっていく。そしてその塊は時々爆発した。

正義は金曜日の五時から始まる『走れ！　ワン太！』というアニメが大好きだった。ちょうどスイミングの時間と重なるので、毎回、美穂子が録画をしていた。

ある日、美穂子がその録画をうっかり忘れたことがあった。その時だった。正義の塊は爆発した。

「ママは録ってくれる、って言ったじゃない。なんで録らなかったの？　なんで？」

正義は床に寝ころがり、手足をバタバタさせて泣き叫んだ。

「ごめんね、マー君。ママ、うっかりしていたの。来週は忘れないから」

「やだよ、今日のが見たかったんだよ」

正義は更に手足をバタバタとさせ、周りにあるオモチャを掴んで、手あたり次第投げつけた。そのうちの一つが美穂子のこめかみの辺りを直撃した。

「痛っ」

美穂子が手で押さえる。正義はしまった、と思い、動作を止めて美穂子を見た。そしてとっさに、怒られる、と身構えた。

ところが、美穂子は怒らなかった。

「ちょっと待ってね。ケイちゃんママに電話してみるわ。ケイちゃんも好きだって言っていたから」

　とこめかみを押さえながら電話をし始めた。

「そうなの、今日の『走れ！　ワン太！』録画してない？　うん、そう。録り忘れちゃったの。そう、わかったわ。ありがとう」

　美穂子は電話を切ると、次の電話を掛け始めた。その時正義は、自分の意見を言い続ければ美穂子は言うことを聞くのだ、と気付いた。そして、それは今も変わらない。

三、入口 ～幸村徹～

幸村徹は、社内資料をまとめ終えると、デスクの鍵を掛けた。

「課長、今日はもうお帰りですか？」

と部下の高輪賢太郎が声を掛けてきた。

「ああ、今日はもう終わりにするよ。大口案件がうまくいったし、久し振りにうまい酒が飲めそうだ。高輪、飲みに行くか？」

「いいですね。澤田も誘いますか？」

「そうだな、三人で行くか」

はい、と言って高輪賢太郎は、先ほど帰る挨拶をしてロッカーに向かった澤田美咲を追いかける。嬉しそうな後ろ姿を見ながら、高輪は澤田のことが好きなのかもしれないな、と徹は漠然と思った。

三人は会社を出ると、近くの居酒屋へ入る。赤ら顔ですでに出来上がっている連中の中には、名前は知らないが、見知った顔もちらほらと見えた。

「会社の人がたくさんいますね」

と澤田が徹の耳元で囁いた。香水の甘い香りがほのかに漂う。

「そうだな。他の店にするか？」

「別に私は構いませんよ。高輪さんはどうですか？」

「俺も構いません。この店の焼き鳥、本当にうまいんで、むしろ俺はここがいいです」

高輪はそう言うと、勝手知ったる店、というふうにどんどんと奥へ進んでいき、こっちこっち、と二人を手招きした。

席に着くと、俺のオススメ、と言いながら、高輪がどんどんとメニューから選んでいく。

「最初はビールでいいですよね？」

高輪の問いに徹と澤田は頷いた。お通しとビールが運ばれてくると、

「では、課長どうぞ」

と促され、徹は手にしたグラスを軽く上に上げ、乾杯のポーズをした。

「今回の案件は、本当に大変だったけど、君たちのおかげで何とか受注することができた。ありがとう」

と徹が言うと、

「課長がお客様のところに何度も足を運んで説明してくださったからですよ。メリットだけではなくデメリットもきちんと説明されたことで、信頼を得たんだと思います。本当に勉強になりました」

と澤田が、自分のグラスをこつんと徹のグラスに傾けた。

徹のいる営業四課は、下町の小さな工場を相手にしている。自社のコンピューターを導入することで、今まで煩雑だった事務作業をいかに効率的に処理できるか、そのことで売り上げがどのくらいアップするのか、頑固な職人気質の社長相手に説明するのは至難の業だった。

公共事業関連の営業一課や、大手企業を相手にする二課と違い、華やかさはないが、直接お客様と関係性を深められる今の仕事にそれなりに誇りを持っていた。

「お、幸村じゃないか」

突然話しかけられ顔を見ると、同期入社の岩井がテーブルの横に立っていた。酔っているのか足がおぼつかず、右手をテーブルの端に置いてバランスを取っている。

「いや〜、久し振りだな。お前、元気だったか?」

「まあな、ボチボチやっているよ。岩井こそ元気だったか？」

「俺？　俺は順風満帆よ。今度さ、アメリカに行くことになった」

「聞いたよ。おめでとう」

徹の言葉に、岩井は「悪いな」と言いながら、右手をテーブルの端から徹の肩に置き換える。

「本当はさ、お前が行くはずだったんだよな、アメリカ。それをさ、俺が行っちゃうなんて、お前、本当は俺のこと恨んでるんじゃないか？」

「何を言ってる。そんなことはないよ」

「本当か？　俺がお前なら俺のこと恨むぜ」

そう言いながら、岩井はポンポンと徹の肩を叩いた。徹が無言でいると、

「ま、お前も元気でいろよ。俺がいる間にアメリカ遊びに来てくれよ」

岩井はそう言うと、フラフラとしながら自分の席へと戻っていった。

「あの方、企画部の岩井課長ですよね？　課長、親しいんですか？」

澤田が少し眉をひそめながら聞いてきた。

「あぁ、同期だ」

「そうなんですか。酔っておられたし、なんだかちょっと嫌な感じでしたね」

澤田が言うと、高輪も大きく頷いた。

それからのことはあまり覚えていない。酒もあまり美味しくなかった。高輪オススメの焼き鳥の味も覚えていない。


家に帰ると、妻の美穂子が玄関まで出迎えてくれた。お酒臭い、と美穂子が呟く。

「すまない。今日は外で飲んできた」

「お食事がいらないのなら、連絡ください。あなたの分まで作って待っているんだから」

「連絡ができない時だってある」

徹が強めに言うと、美穂子はうつむいた。こんな言い方しかできない自分自身が嫌になる。まるで親父のようだ、と徹は思う。

徹の父はとても厳格だった。一家の長として、常に泰然自若としていた。母はそんな父の後ろでいつも小さくなっていた。

東大出身の父は、徹たち兄弟にも、当たり前のように東大進学を望んでいた。長兄の守が地元の信州大学進学を決めた時には軽蔑したように鼻であしらった。母だけが地元なので家から通えると喜んでいたが、結局父とそりが合わず、守は大学入学早々に家を出てしまった。

守とのやり取りを見ていた次兄の光は「俺は絶対に東京に出る」と猛勉強し、見事東大に合格した。父は嬉しそうにしていたが、よもや自分と離れたいがために、東大入学を目指したとは思ってもみなかっただろう。

徹も光と同じ思いだった。厳しい父といつもオドオドとしている母。息の詰まるような家庭に自分の居場所はなかった。早く家を出たいと思っていた。

だが残念ながら東大受験には失敗し、滑り止めの早稲田大学に進学することとなった。

「私立か」の父の言葉が胸に突き刺さった。

「もう一年頑張ってみたら？　浪人したら東大に入れるわよ」

という母の言葉も白々しく聞こえた。母は父の機嫌が良ければそれで良いのだ。徹の人生について真剣に考えてくれているわけではない。ならば、一日でも早く長野を出たかった。

徹は大学進学とともに東京に来た。大学生活は充実していた。徹と同じように、第一志望の国立を落ちた者もいたが、大概の学生は早稲田ブランドのキャンパスライフを思う存分謳歌していた。そのうち徹も長野の両親のことを忘れて、東京での生活を純粋に楽しむようになっていた。

就職も大学進学と同じで、第一志望のところは落ちてしまったが、世間的には名の通った大手電機メーカーに就職をした。両親に報告すると、父は特に何も言わなかったが、母は喜んでくれた。

長兄の守は長野で大手時計メーカーに就職したが、実家に戻ることはなかった。次兄の光は司法試験に一発で合格し、東京で弁護士となったが、ほとんど会うことはなかった。周りの友人が、長期休暇で地元に帰った話や、両親や兄弟のエピソードを楽しそうに話すのを聞くたびに、自分にはそういう気持ちが全くないことに気付かされる。

厳格な父とは話したくなかったし、父の言いなりである母に対しては、思い出そのものが薄かった。長兄の守とは少し年が離れていたせいか、あまり接点はなく、年の近い次兄の光ともさして仲が良いわけではなかった。家の中に笑い声が響いた記憶がなく、いつも重苦しい空気に包まれていて息苦しかった。だから結婚したら笑顔の溢れる家庭を作りたい、子どもは伸び伸び育てよう、と徹は思っていた。

同じ会社の秘書課の美穂子は、大きな瞳がチャーミングな女性だった。上品そうに澄ましている秘書課の中では、素朴で笑顔が素敵な女性に見えた。交際を申し込んだ時の驚いた表情が新鮮で、この人となら温かい家庭が築けそうだ、と思った。

美穂子と結婚を決め、長野の両親に会わせた時、意外にも父と母は手放しで喜んでくれた。母はともかく、父には何かしら難癖をつけられるのではないかと思っていたので、拍子抜けをした。

「良さそうなお嬢さんじゃないか」

美穂子が座敷から席を外した際、父は手元のビールを飲みながら言った。子ども三人が家を出てから、あまり寄り付かないことで、自身の子どもたちへの接し方を悔やんでいるのではないか、とふと思った。

「早く子どもを作って、今度こそ東大に入れるよう、親として頑張りなさい」

父のその言葉に、徹は頭をグワンと叩かれたようになった。思考回路が一瞬止まる。今父は何と？　何と言った？　徹の思考回路を再び動かしたのは父の次の言葉だった。

「うちは光しか東大に行けなかった。三分の一だ。お前は一〇〇％を目指せ」

父はそう言うとビールを最後まで飲み干し、グラスを母の前にトンと置いた。母は何も言わず、グラスに酒を注ぐ。

父が以前と違い丸くなったように思えたのは、自身の育て方を後悔しているからではない。東大に入れる次の目標ができるかもしれないという期待からなのだ。徹は身体が小さく震えていることに気が付いた。

美穂子が席に戻ると、父は美穂子に、

「美穂子さんのご両親は、どちらの大学を出られたのかな？」

と聞いた。

「うちの両親は、九州の地元の大学を出ました」

「九大ですか？」

「いえ、九大ではありません。父は地元の国立大学、母は地元の私立の短大を出ています」

一瞬だが、父が小さくフンと鼻を鳴らした。美穂子が気付いたのではないかと思い、ヒヤリとした。だが、美穂子は何食わぬ顔で目の前の料理を美味しそうに摘まんでいる。

「美穂子さんは美味しそうに何でも食べてくれるから嬉しいわ」

と母が言い、美穂子も笑顔で、

「お母さんのお料理、美味しいです。今度つくり方を教えてくださいね」

と言った。

徹は目の前のビールを一気に飲み干した。

父にとって東大というブランドは、全ての指標なのだろう。やめてくれ、その己の指標のみで人を判断するのはもうやめてくれ。徹は心の中で叫んだ。

「徹さん、どうしたの？　食べないの？」

美穂子が心配そうに徹の顔を覗き込んだ。

大丈夫、と言おうとしたが、言葉が出ず、徹は右手を小さく挙げた。長野の父や母とは距離を置こう。俺はこれから美穂子と二人、笑顔の絶えない幸せな家庭を築いていけばいいのだ、と思ったその時だった。

「お父さんは東大を出られているんですよね。すごいですよね」

と美穂子が言った。徹は挙げた右手を下げることを忘れ、美穂子を見た。

「大したことはない。人間なんてね、死に物狂いで勉強すれば、東大なんて簡単に入れる。努力さえすればいいんだ」

「お父さんだけでなく、すぐ上のお兄さんも東大ですものね。優秀な家庭なんですね」

美穂子の言葉に、父が相好を崩した。そこからのことは徹にとって悪い夢を見ているかのような時間だった。父や次兄の光がどうやって東大に入ったのかを、父は延々と話し続

けていた。美穂子は嬉々としてそれを聞き、しまいにはメモまで取っていた。母が、

「勉強熱心なお嬢さんね」

と徹に囁いたが、何と答えていいかわからなかった。まだ結婚前の美穂子に、徹は漠然と不安を覚えた。

いざ結婚をして、二人で暮らし始めると、その不安はいつしか消えていった。徹にとって美穂子はとてもいい妻だった。徹の好きな料理を勉強し、家はいつも綺麗に整えてくれていた。会社から早く帰りたい、と思える理想の家庭を築いてくれていた。

やがて美穂子は妊娠をし、念願の第一子を授かった。名前は『正義』と名付けた。美穂子はマー君と呼び、目の中に入れても痛くないくらい正義を可愛がった。そしてその可愛がり方は、いつしか常軌を逸するようになっていく。

美穂子の育児は、徹が思っていた育児とは違っていた。正義が幼稚園に入ると、習い事にいくつも通わせ始めた。正義の目の輝きが、幼児のそれとは違っていくのがわかった。わかっていたのに、止められなかった。

「パパはね、早稲田大学を出て、営業一課の課長さんなのよ」

幼稚園児にわかるはずもないのに、美穂子は呪文のように正義に唱え続けていた。

その頃徹は会社でミスをしてしまい、営業一課から四課に異動していたのだが、呪文を唱え続ける美穂子にそのことを告げられなかった。美穂子に対して隠し事をしているという罪悪感が、徹を家から遠ざけた。仕事にも家庭にも居場所がないような気になり、何に対しても投げやりになっていた。

結局、俺は子どもの頃からから何も変わっていない。何もできない。出来損ないの人間でしかないのだ。徹は正義が投げたオモチャが当たり、穴が開いてしまった壁を見つめながら、まるでトンネルのようだと思った。このトンネルを抜ければ、そこには違う世界が広がっているのではないか、今の状況から抜け出せるのではないか、徹はどうすることもできずにいた。

四、トンネルの中へ

美穂子は学校からの呼び出しには、もうすっかり慣れていた。最初に呼び出されたのは、正義が小学校二年生の時だった。幼稚園時代からの友人であるトモ君を突き飛ばし、右足と左腕を骨折させるという大怪我を負わせた時だ。正義はわざとじゃない、と言い張り、先生の前でも大泣きしていた。子どものことだ。ちょっとしたミスで大怪我になることもある。確かに骨折してしまったトモ君はかわいそうだけど、こういうことはお互い様なんじゃないかな、と美穂子は思った。

「トモ君、ごめんね。痛かったね」

腕を三角巾で吊り、ギプスで固定された脚を松葉杖で支えながら立っているトモに声を掛ける。うつむいていたトモが美穂子を見上げる。その顔は今までに見たことのないような表情だった。恐怖？　怒り？　いや、強いて言えば軽蔑のような表情。トモは美穂子を見てから泣いている正義を見る。そして今度は諦めたような表情で、

「いいよ。マー君、いつもこういう時、泣くんだよね。痛いのは僕なのにさ」

と言った。トモの乾いた声に、美穂子は背筋がスッと寒くなったことを今も覚えている。

それからは友達とけんかをした、友達の筆箱を壊した、ボールをぶつけた、様々なことで学校に呼び出された。僕は悪くない、と言い張る正義に最初の頃こそ寄り添おう、と思っていたが、さすがに回数が増えるにつれ、正義自身に非があるのではないか、と思うようになってきた。

夫の徹に相談すると、正義をそばに呼び、

「なんでそんなことをしたんだ」

といきなり叱りつけた。だって、と正義が言い訳をしようとしても聞く耳を持たない。ただ叱りつけるだけで、

「あとは、母親がきちんと教えなさい」

と美穂子に告げると、徹は書斎に引きこもってしまった。

美穂子の胸はざわついた。正義にも美穂子にも正面から向き合うことを避ける徹に対して、不信感だけがふつふつと大きくなっていった。

小学校高学年になると正義は学校を休みがちになっていった。学校でも浮いているよう

で、幼稚園時代からのママ友とも少しずつ距離ができ、連絡も取らなくなり、正義だけでなく、美穂子自身も孤立するようになっていた。

徹は相変わらず、子育ての基本は母親、という姿勢を崩さず、家の中にはいつしか会話がなくなってきた。

正義はほとんど学校に行かず、家でゲームをして過ごすようになった。幼い頃から通っていた学習教室のおかげで、勉強だけは中学一年生レベルまで達していたので、小学校に通わずとも、遅れることはなく中学に入学できそうだ、と美穂子は内心安堵していた。幼い頃から学習教室に通わせて良かった、と心から思った。

「僕、東中じゃなく、南中に通いたい」

と正義が言い出したのは、小学校六年生の時だった。どうして？　と美穂子が聞くと

「東中には卓球部がないから。僕、卓球部に入りたいんだ」

と正義は答えた。小学校五年生の最初の頃、まだ学校に通えていた正義は卓球クラブに入り、楽しそうにはまっていたことがあった。近くの卓球所に通い、大人に混じって卓球を楽しんでいた時期もあった。大人たちは小学生が卓球をすることに寛大で、正義に優しく教えてくれた。正義は少しずつ腕を上げていったが、いつの間にか卓球所に通うことを

やめてしまった。

「何故最近、卓球所に行かないの？」

と聞くと、つまらないから、と答えていたのだが、また卓球がしたくなったのかと美穂子は少し嬉しくなった。

美穂子は早速学校に行き、担任を訪ねた。担任は六年生になって一度も登校しない正義のことを心配して、一学期の頃は足繁く家庭訪問してくれていたが、二学期に入ってからは、数度連絡をよこしただけだった。そのせいであろうか、突然の美穂子の職員室訪問に驚いたようだった。

美穂子は、正義が卓球をしたいが、学区の東中学校には卓球部がないため、学区外の南中学校への進学を希望していることを、熱心に訴えた。担任の先生は例がない、と難色を示したが、美穂子は食い下がった。ここで正義の願いを叶えることが、親として最善の策だと信じて疑わなかった。担任は美穂子のしつこさに観念したのか、

「とりあえず東中と南中に掛け合ってみます。でも期待はしないでくださいね」

と言ってくれた。美穂子はホッと胸をなでおろし、家に帰ると、すぐに東中と南中に電話を掛けた。

東中には、現在の小学校でイジメに遭い、登校拒否になっている。今の友人たちがそのまま進学する東中では、また同じように学校に通うことができない、東中ではなく南中に通えるよう力を貸してくれるよう依頼した。

南中には、現在不登校だが、卓球に情熱を燃やしている正義が、卓球部のない東中では再び不登校になりかねない。卓球部のある南中に是非入学させてほしい、と訴えた。

学区外の中学校に通うには、それ相応の理由がなければ難しい。だが美穂子の執念が実を結び、正義は晴れて南中学校に入学することが決まった。それには陰で六年時の担任や、各中学校の校長たちが色々と掛け合ってくれたからなのだが、美穂子は自分が正義のために奔走をしたからなのだ、と誇らしく思った。

徹は、正義が学区外の中学校に通学することに対してあまりいい顔をしなかったのだが、美穂子に説き伏せられ渋々納得した。

「東中ならば歩いて一〇分で通えるが、南中は四〇分以上かかる。正義はそれをわかって言っているのか？」

徹に言われ、美穂子は、当たり前です、と胸を張った。それならばいい、と徹はそれ以上何も言わなかった。

徹に指摘され、ふと美穂子は不安になる。本当に正義は四〇分以上かかる南中に毎日通うことができるのであろうか。

「ねえ、マー君。南中の卓球部に入れることになったけど、南中は東中と違って遠いのよ。ちゃんと通えるよね」

全ての手筈が整い、晴れて南中への入学が決まり、制服やその他諸々の手配をしながら美穂子は恐る恐る正義に聞いた。

「うん。卓球部に入れるんだから、頑張って通うよ。ママ、毎日車で送り迎えしてくれるよね」

平然と言う正義に、美穂子は絶句した。だがもう後には引けない。まさか息子が車での通学を当てにしていたことを知らずに、四方八方動き回っていたなどと、今更誰にも言えなかった。

美穂子の運転する車に乗り、南中学校に入学し、卓球部に入部した正義は、三日で不登校になった。

出口が見えないトンネルに入り込んだような幸村家は、誰もが変わりたい、変わらなければと思いながら、どうすることもできずにもがき続けていた。

五、暗闇

中学生となった正義はどんどん成長していった。身長は一七五センチになり、徹に追いつきそうな勢いだった。そして体重は九〇キロを超え、徹をはるかに超えていた。

不登校児にも色々なパターンがある。自室から全く出てこない、食事の時だけダイニングに出てくる、学校に行かないだけであとは普通に生活する。

正義は、日中はリビングのテレビに繋いだゲームをしながら、一階で過ごしていた。一時近くに起きてきて、美穂子の作った遅い朝ご飯を食べる。そこからゲームに夢中になるのだが、ソファに寝ころびながら、

「ママ、お菓子ちょうだい」

「ママ、ジュース持ってきて」

と美穂子に指示を出す。自分で動きなさい、と言葉が喉から出掛かるのだが、美穂子はぐっと堪えていた。部屋に引きこもってしまうよりはマシだ、この子にはまだ母親の存在

が必要なのだ、と自分で自分に言い聞かせていた。正義にしてみれば、体のいいお手伝い程度にしか考えていないのかもしれない。美穂子は薄々感付いていながらも、自分自身で否定していた。自分も正義も間違っていないのだと呪文のように言い聞かせていた。

だが正義がリビングでゲームにのめり込んでいる時間帯は、美穂子にとってだんだんと苦痛な時間になっていった。正義のことを可愛く思わないわけではないのだが、学校にも行かずお菓子を食べながらソファに寝ころぶ我が子を見ていることが辛かった。

美穂子はその時間帯、外に出て働こうと思った。徹に相談すると「いいんじゃないか」と他人事《ひとごと》のように答えた。いや、他人事ではある。美穂子の問題であって、徹のいない時間に美穂子が何をしようが勝手なのかもしれない。だが、美穂子が外に出ると、中一の息子が一人で留守番をすることになる。心配ではないのか？　美穂子は苛立ちを感じた。もしそこで徹が、

「君が外に出るとその間、正義は一人きりで家にいることになるじゃないか」

と言われたら、それはそれで困るし言ってほしくはない。だが、あっさりと働きに出ることを許可する徹に、自分や正義への関心のなさが如実に表れているような気がして、美穂子の心はざわついた。

美穂子は働きに出ることにした。近所のコンビニやスーパーの店員募集の張り紙はよく目にしていたが、知り合いに会いそうな気がして二の足を踏んでいた。ふと新聞広告に出ていた大手企業のコールセンターの仕事が目についた。これならば誰とも顔を合わせないで済む。そう思った美穂子は早速応募した。

寿退社をしてから、もう一四年が経つ。スーツに身を包み、面接に向かった美穂子は少し緊張をしていた。

「以前は大手電機メーカーさんの秘書課にいらっしゃったんですね」

「はい、そうです」

面接官の目が査定するように、美穂子の顔から足までをゆっくりと見る。

「それからはずっと専業主婦?」

「はい、そうです」

「お子さんはおいくつかな? 保育園児がいる家庭だと、よく熱が出ました、とか言って早退しちゃう人がいるんだよね」

面接官は顔を少ししかめながら言う。

「あ、でもうちはそういうことを理由にお断りすることはないですけどね」

面接官は自分で言っておきながら、慌てて否定するように言う。

「子どもはもう中学生なので、そういった心配はいりません」

美穂子の言葉に面接官はホッとしたような顔をする。

（心の中が顔に出る人なんだわ。でもコールセンターならば顔が見えないから、この人にはうってつけの職場ってわけね）

美穂子は澄ました顔をしながら、面接官の目をまっすぐと見た。

「わが社は大手企業から委託され、福利厚生部門を取り仕切っている部署になります。お客様からの問い合わせに答えたり、トラブルがあった際に中間に立ち、正しい方向に導くのが主な仕事です」

面接官に言われ、はあ、と頷く。

「何も難しいことはありませんから、大丈夫ですよ」

面接官から渡された冊子をパラパラとめくりながら、本当に簡単そうな仕事だわ、と美穂子は心の中で呟いた。

「幸村さんは午後のみのご希望ですよね。週に何日くらい働けそうですか？」

面接官の言葉に美穂子は少し考える。

「三日か四日でお願いすることは可能でしょうか？」

「もちろん、大丈夫です。今日はとりあえず職場の雰囲気を覗いていきますか？」

美穂子は席を立つと、面接官の後ろについて職場へと向かった。大手企業の福利厚生を扱っているだけあり、オフィスは広くはないが、きちんと整理整頓され、清潔な印象だった。

「ここがそうです」

と案内されたところには、ずらりとパソコンが並んでおり、その前に女性が座り、対応している。それぞれがイヤホンマイクで話しながら、パソコンをカチカチと言わせて打ち込んでいる様子は少し異様に見えた。

「ほとんどが女性なんですね」

「そうですね。男性は私を含めて四名いますが、実際に対応することはほとんどありません。オペレーターは女性のほうが相手に与える印象が圧倒的にいいんですよ」

ここが明日からの私の職場なのか、と美穂子はオフィスを見回す。電話応対をしている女性たちは、年齢層は様々だが身綺麗にしている女性が多く、美穂子はひと安心した。

翌日から美穂子は働きに出ることになった。徹は特に何も言わなかった。そもそも関心がないのだろうと、美穂子は少し寂しく思う。徹の心の中に自分がいたのはいつが最後だったのだろうか。そう思うとやはり辛かった。

正義は美穂子が働きに出ることに対して、難色を示した。

「僕のお昼ご飯や晩ご飯はどうなるの？」

「お昼ご飯は作ってから出ていくし、晩ご飯の時間までには帰ってくるわよ」

「え〜、お昼ご飯、自分で温めるの？」

正義の言葉に、徹がチラリと正義を見た。それくらい自分でしなさい、と言ってくれるのかと美穂子は期待したが、徹は何も言わなかった。それどころか、自身の茶碗を無言で美穂子に差し出した。

「おかわりですか？」

美穂子が聞くと、徹が頷く。この人は喋ることができなくなったのか？　美穂子は茶碗にご飯をよそいながら、虚しさに胸がえぐられる思いだった。

翌日、美穂子はお気に入りのワンピースに身を包み、家を出た。美穂子の門出を祝うかのように、真っ青な空が広がっている気持ちのいい日だった。午前中に全ての家事を終わ

らせ、自身の昼食を済ませ、テーブルに正義の昼食を置くと、ソファでゲームに耽ってい
る正義に声を掛けた。

「じゃ、ママ、仕事に行ってくるわね」

正義はコントローラーを手にしたまま、ちらりと美穂子を見ると、

「行ってらっしゃい」

と言った。無視をされると思っていたので、思わず耳を疑う。当の正義は再びゲームにのめり込んでいるのだが、その言葉は美穂子を勇気づけた。

職場に着くと、ロッカーに案内され、貴重品をしまうように指示された。

「一応、私が幸村さんの指導係になる宮原と言います。よろしくね」

「よろしくお願いします」

名札には宮原聡子と書かれている。小柄だがスタイルが良く、肌が透き通るように綺麗な女性だった。

その日は一日聡子の隣について、大体の仕事の流れを覚えた。基本的には契約している大手企業の社員やその家族から、福利厚生で扱っているサービスの取り次ぎや問い合わせに応じる電話が多い。

サービスは様々な業種に対応しているため、一見大変そうに見えるが、紙ベースのマニュアルが一人一人手渡されているうえ、大概の事案についてはパソコンの画面上で検索すると、すぐにマニュアルが出てくる仕組みになっている。

美穂子は聡子が電話に出て、素早く検索して答える様子を、メモに取りながら見ていた。紙ベースのマニュアルの目次を見て、どんなサービスを取り扱っているのかも頭に叩き込む。これならば何とかできそうだ、と思った。

翌日から、美穂子は実際に電話応対をすることとなった。

最初の電話は、レンタカーの予約の電話だった。用途と希望車種、日程を聞き、取り扱っているレンタカー会社のうち、最も適切であろうと思われる会社に取り次ぎ、最初の電話は終了した。

「幸村さんすごい。最初の応対でそこまでスムーズにできる人は、そうそういないわよ」

聡子がにっこりと微笑みながら言った。

「ありがとうございます。宮原さんのご指導がいいからですよ」

美穂子も笑顔で返す。

「その調子でお願いします。何かわからないことがあったら無理をしないで、すぐに聞いてくださいね」

「わかりました」

それから掛かってくる電話に対しても、美穂子はそつなくこなすことができた。電話でオペレーターに繋がる前に、自動音声で『この電話は品質向上のため、録音をさせていただきます』というアナウンスが流れるからであろうか。あまりクレームをつけてくる客もいなかった。

美穂子はふと、一四年前に辞めた会社員時代のことを思い出す。美穂子のところに掛かってくる電話は、基本的には秘書をしている取締役あての電話がほとんどであった。スケジュールの確認やアポイントメントの取り次ぎなどが、ひっきりなしに掛かってくる。美穂子をはじめ秘書たちは、地声より少し高めの裏声に近い声で対応する。そうすると喉が傷まないのだ。そのうえ、相手にも柔らかい好印象を与えることができる。

今、その時の仕事が活きている、と美穂子は感じていた。何とも思っていないのに、

「おそれいりますが」

「さようでございます」

「とんでもございません」

「承知いたしました」

という言葉がスラスラと口から飛び出す。

一週間も経つと、自分に合っている仕事だと思うようになった。指導係の聡子が、

「幸村さんはすっかり独り立ちできていますね。もう私が隣にいなくても大丈夫でしょう。明日から、どこに座ってもいいですよ」

と言った。基本的にオペレーターの席は決められていない。自分専用のイヤホンマイクをロッカーから取り出すと、空いている席に座って業務を行う。ほとんどがパートでフルタイムで働いている者があまりいないため、出社順に好きな席で仕事を始めるシステムとなっている。今までは聡子の横に座っていたが、これからは自分の好きな席で仕事をしていいということだった。

そうは言われたが、美穂子はなんとなく聡子の隣の席が空いていると、好んでその席に座った。他のパートでも挨拶を交わす人はいたが、聡子の隣のほうが気が楽だった。女の園とはよく言ったもので、女性が複数集まるとすぐに誰かの噂話に花が咲く。電話が掛かってこない時間は暇なので、何度となく美穂子も隣のパートから声を掛けられた。

「幸村さんのご主人ってどちらにお勤めなの？」

「お子さんおいくつ？　学校はどこ？」

「どこに住んでいるの？　持ち家？　賃貸？」

「最近海外旅行に行った？」

どうでもいいことを根掘り葉掘り聞かれることが、嫌で仕方なかった。違う、どうでもいいことではない。美穂子にとって、以前は聞かれたいことだった。

「夫は早稲田大学を出て大手電機メーカーで営業の仕事をしているの」

「家は持ち家で庭には広いウッドデッキが付いているの」

「車は白のアウディに乗っているの」

「息子は学習教室に通っていて、もう二学年先の勉強までクリアしているの」

言いたくて仕方がなかったことだったが、今は聞かれたくない。特に正義のことを聞かれるのが嫌だった。聡子は誰かのことを詮索したり、噂話をすることがなかった。自分自身のことも語らなかったのだが、そのスタンスが今の美穂子には心地良かった。

一ヶ月ほど経ち、職場にも慣れてきた頃のことだった。たまたま帰る時間が聡子と重なり、職場を一緒に出た。

「幸村さんは車通勤？」

「はい、そうです。宮原さんは？」

「いつもは車なんだけど、今週は夫が使うので、電車で通っているの」

「そうなんですか」

あとから思えば、そのままそこで別れて帰れば良かったのかもしれない。つい美穂子は聞いてしまった。

「どこに住んでいらっしゃるの？」

「あざみ野駅から少し行ったところよ」

「あら、近いわ。良かったら送って差し上げますよ。乗っていきませんか？」

「いえ、悪いからいいですよ」

「そんなこと仰らずにどうぞ」

美穂子はそう言うと、近くの駐車場に停めていた自分の車へと聡子を誘った。

「本当にいいの？　悪いわ。ありがとう」

そう言って、聡子が車に乗り込んだ。美穂子の車は最近買い替えた新車の白のアウディだった。今までは国産車だったのだが、徹が珍しく奮発して購入したのだった。

「あら、新車の香りがする」

「うふ、実はそうなんです。まだ乗り換えて二ヶ月なんですよ」

「まぁ、そうなの。新車を汚すようで申し訳ないわ」

「気にしないでください」

職場から美穂子の家までは車で一五分ほどだった。聡子の家は、美穂子の家より駅に近いため、少し遠回りをすることになる。遠回りではあったが、聡子がどんな家に住んでいるのか興味があったので、美穂子は家の前まで送る、と言った。

聡子の家はあざみ野駅の近くの瀟洒な家が立ち並ぶ一画にあった。真っ白な壁によく手入れされたガーデニングの花々が映える、素敵な一軒家に思わずため息が出る。チリ一つなく掃除をされたガレージを見ながら、こんな素敵な家の奥様でもパートに出るのか、と少し不思議な気持ちになる。

「助かりました。本当にありがとうございました」

「いえ、ではまた明日」

と美穂子が車に再び乗り込もうとした時、

「あら、ちょうど主人が帰ってきたわ」

と聡子が道路の角に手を振った。こちらに向かってきたのは、美穂子がずっと憧れていたメルセデスベンツSクラスだった。一生手にすることのないであろう憧れの車が、すっと美穂子と聡子の前に停まった。

中からスマートな背の高い男性が降りてきた。気後れするくらいかっこよく素敵な男性だった。

「パパ、お帰りなさい」

「ただいま。こちらはどちら様？」

「職場の同僚なの。幸村美穂子さん」

聡子に紹介され「はじめまして」と美穂子は頭を下げた。

「間違っていたらごめんなさい。美穂子ちゃんじゃない？」

聡子の夫の言葉に美穂子は耳を疑った。知り合い？　いつの？　美穂子には全く見覚えがなかった。

「覚えていないよね。大学生の頃の話だからなあ。美穂子ちゃんの友達に風間友梨佳ちゃんっていたでしょう？　その友梨佳ちゃんの彼氏だった翔太の友達。宮原健也です。一回しか会っていないから、覚えていなくても仕方ないよね」

思い出した。友梨佳に紹介されて一度だけ会ったことがあった。当時は、友梨佳の彼である翔太に比べると丸い体型で服のセンスも悪かったのに、まるで別人だった。

「ごめんなさい。すっかり変わられているのでわかりませんでした。宮原君、すごく素敵になって」

「あはは、あの頃は服にも興味がなかったし、デブだったからな。ある意味、美穂子ちゃんが今の僕を作ったと言ってもいいかもしれない」

宮原が綺麗に並んだ白い歯を見せて笑う。

「パパ、どういうこと？　幸村さんと知り合いだったの？」

「そう。僕が大学生の頃、美穂子ちゃんに一目ぼれしてあっさりと振られたの」

「え？　パパ、幸村さんに振られたの？」

「そう。なんで振られたのか、友人の彼女があとで教えてくれたんだ。多分、見た目が悪かったからだって」

宮原の言葉に、思わず美穂子は下を向く。「見た目が悪い」だなんて直接言うなんて、普通は考えられないが、あの友梨佳ならば、直接本人に言ってもおかしくない、と思った。

聡子が驚いたように、夫の健也と美穂子を代わる代わるに見る。

「あれから、一念発起してジムに通って身体を一から鍛えたんだ。おかしなものでスタイルが良くなると、服や髪型も気になってくるんだよね。翔太に美容院やお気に入りのショップを教えてもらったりして、少しずつ身だしなみを整えるようになったんだよ」

「私がパパと知り合った時は、全然太っていなかったわよね。センスも抜群ってほどではなかったけど、悪くはなかったわ」

「だから、それは美穂子ちゃんに振られたおかげなんだよ」

「そうだったの。幸村さん、パパを振ってくれてありがとう」

聡子がにっこりと笑いながら言った。

あの冴えなかった宮原が、こんなに素敵な男性になるなんて。美穂子の中に黒い塊がふつふつと芽生えた。

家に帰ると、正義がリビングでゲームに夢中になっていた。ただいま、と声を掛けても何も返ってはこない。働き始めたその日に「行ってらっしゃい」と声を掛けてくれたのが最初で最後だった。

美穂子はキッチンに立つと夕飯の準備を始めた。徹と正義の好きなカニコロッケを揚げながら、美穂子は宮原健也のことを考えていた。もしあの時、宮原と付き合っていれば、違う人生があったかもしれない。あざみ野駅の近くの大きな家に住み、ベンツに乗っていたかもしれない。自分が先に帰宅すると夫が笑顔で微笑んで迎えてくれる。そんな何気ない当たり前の幸せに包まれていたかもしれない。考えても仕方のないことなのに、美穂子の頭の中は宮原健也と聡子の笑顔でいっぱいになっていった。

やがて徹が帰宅し、正義と三人で食卓を囲む。誰も何も言葉を発さず、静かな食卓だった。大好きなカニコロッケを準備したのに、徹も正義も何も言わない。モソモソと食べるだけだった。

翌日、会社に行くと聡子が、

「昨日はありがとうございました。主人と幸村さんがお知り合いだったなんてびっくりしました。世間は狭いですね」

と声を掛けてきた。美穂子は「そうですね」と返事をするが、顔が引きつっているのではないかと気が気ではなかった。

その日、美穂子はモヤモヤしたまま退社した。聡子の余裕のある笑顔は、健也に愛されているからなんだろうな、と思うと目の奥が少しズキッと痛む。私には何もない。何も誇れるものがない。

駐車場に着くと、美穂子のアウディの隣に見覚えのあるベンツSクラスが停まっていた。

美穂子は手に持っていた車のキーをギュッと握った。そしてしゃがみ込むと、握りしめたキーをベンツのバンパーに強く押し付け、左から右へ小さくなぞった。

六、幸村理沙

幸村理沙は、志望の高校に入学し、中学から懸命に取り組んでいた陸上を続け、インターハイに出場することを夢見ていた。平凡だが毎日が楽しかった。

高校一年生の秋には大怪我をしたが、そこからも見事に復活し、全てを陸上に費やした。市の大会では優勝し、県大会でも上位に食い込みたいと、汗まみれになって練習に明け暮れていた。目標は来年のインターハイ出場に決め、まずは今年はどこまでやれるか、自分の中で肉体と精神を鍛えようと、陸上部の仲間たちと熱く語り合っていた。

だから今、自分が置かれている立場を、頭の中で消化することも、心の中を整理することもできずにいた。

「理沙ちゃん」

親友の松野弥生の母が理沙を抱きしめる。弥生の母の目は泣き続けたせいだろう、大きく腫れていた。弥生もそばにいるのだが、弥生に至っては、椅子から立つこともできずにいた。理沙は弥生の制服姿を見ながら、こういう時は靴下も白じゃなくて黒を履くのか、などとぼんやり考えていた。

「理沙ちゃん？」

祭壇に飾られた両親の写真を見ながら泣くこともできずにいた理沙に、見知らぬ大人が話し掛けてきた。

「理沙ちゃん、久し振り。幼稚園の時以来だから一〇年以上会ってないもんね。覚えていないかな？　おばあちゃんよ」

とその女性は言った。おばあちゃん？　おばあちゃんなら、中学校の時に病気で亡くなっている。お葬式に行ったのはついこの間のことのようだ。

「おばあちゃん。パパのお母さんよ」

その女性が、理沙の心を察したのか、説明する。そうか、ママだけじゃなくて、パパにもお父さんやお母さんがいるのだった。会わないだけじゃなく、パパからもママからも話を聞いたことがなかったので、すっかり忘れていた。

「理沙ちゃん」

しばらくぶりに会った祖母は、弥生の母と同じように理沙を抱きしめた。

「理沙ちゃん、理沙ちゃんは独りぼっちじゃないからね。安心して」

何年も会っていない祖母の言葉に、初めて理沙の心の鍵が外れた。突然堰を切ったように、今まで一粒も流れなかった涙が目からあふれ出て、子どものように、声を上げて泣き続けた。

理沙の両親である幸村守と陽子は、理沙の陸上部の大会を観に行こうと車で出掛け、事故に遭い、帰らぬ人となった。二人とも即死だった。目撃者によると、急に猫が道に飛び出し、それを避けようとして、ガードレールに激突したとのことだった。

突然のことで、理沙は呆然とするだけだった。母の陽子は理沙と同じく一人っ子で、父親を早くに亡くしていた。母一人子一人で生きてきたが、理沙の祖母にあたるその母も理沙が中学の時に病でこの世を去っている。

両親が亡くなり、諸々の手続きを終え、誰もいない家で一人過ごさなければならないのか、と途方に暮れていた理沙は、この祖母に全てを委ねるしかなかった。

「理沙ちゃん、おばあちゃん考えたんだけどね。理沙ちゃんはまだ高校生だから一人で生きていくのは大変だと思うの。だから親戚を頼ってほしい」

祖母の言葉に理沙は頷く。親戚に頼るということが具体的にどういうことなのかは、まだわかっていなかった。

「理沙ちゃんのパパの守には、二人の弟がいるの。すぐ下の光おじちゃんは、東京で弁護士をしているの。相談したら、パパの財産とか保険とかを調べてくれる、って言ってくれたから、これからの生活については何も心配することはないからね」

父の守に二人の弟がいることは知っていたが、その叔父の一人が弁護士をしているとは知らなかった。素直に頼もしいと思った。

「光おじちゃんは、独身で結婚していないんだけど、一番下の徹おじちゃんは結婚をしていて、正義君っていう理沙ちゃんのいとこにあたる男の子が一人いるの」

理沙は自分にいとこがいるとは、今の今まで知らなかった。

「おばあちゃん、すごく考えたんだけど、理沙ちゃんを徹に預けたらいいんじゃないかと思っている。おじいちゃんやおばあちゃんは、理沙ちゃんと同じ長野に住んでいるけどやっぱりもう年だからね。徹おじちゃんのところならば、年齢も近い正義君もいるから、いいんじゃないかな」

理沙はしばらく考えることにした。祖母によると、叔父の家は神奈川県横浜市にあるという。長野以外に住んだことのない理沙にとっては、未知の土地だ。不安しかない。親友の弥生や、陸上部の仲間たちとも離れることになる。それは寂しすぎることだ。弥生の母は、一緒に住むように提案もしてくれた。しかし、昔から他人に迷惑をかけてはいけない、と育ててくれた両親の教えから外れるような気がして、丁寧に断った。

こうして、両親を失った理沙は、徹、美穂子、正義の住む家に来ることとなった。

七、出会い

徹の両親から、徹の長兄である守夫婦が事故死したと聞いても、美穂子は何とも思わなかった。結婚式の時に会ったきりで、それ以来年賀状のやり取りはしていたものの、何の交流もなく、顔すら覚えていなかった。

「お葬式、行かなきゃいけない？」

美穂子が問うと、

「俺だけ行くからいいよ」

とあっさり徹に言われ、少しホッとしながら香典を用意した。正義に至っては、伯父夫婦の死すら知らされなかった。

そんな状況の中、徹とともに長野からやってきた理沙に、美穂子も正義もどうしていいかわからなかった。

「こんばんは。これからお世話になります、幸村理沙です。よろしくお願いします」

理沙が頭を下げている時間がとてつもなく長く感じた。理沙が顔を上げた時も、美穂子は声を発することができなかった。

「これからお世話になるって？」

と、いつもとは違う少し素っ頓狂な声を出したのは正義だった。

「理沙ちゃんは、両親が亡くなってしまったんだ。まだ高校生の理沙ちゃんが一人で暮らしていくのは大変だろう？　だから我が家で預かることになった」

まるで、前から決まっていたことのように徹がサラリと言った。

「ここに住むの？　ずっと？」

正義の声が、先ほどよりは若干いつもの高さに戻った。

「ごめんなさい。大学に受かったら、一人暮らしをしようと思います。それまでお願いします。」

理沙の言葉には固い決意のようなものが感じられた。断れない、断れるはずがない、と美穂子は思った。

理沙は正義と一つしか年齢が違わない。高校二年生と一年生でこんなにも違うのか、と感心してしまうほど、理沙はしっかりとして見えた。いや、違う。多分世の中の高校生は、こんな感じなのだ。正義が幼すぎるのだ、と美穂子は思った。

「理沙ちゃんの部屋は、二階の洋間でいいよな？　荷物は週末に送られてくる」

「高校は？　高校はどこに通うの？」

美穂子がやっと言葉を発した。

「S高校の編入試験に受かりました」

S高校？　S高校は神奈川県内でもトップレベルの公立高校だった。

「すごいな」

と正義が呟いた。

「とりあえず、理沙ちゃんを部屋に案内してくれ」

徹は理沙のボストンバッグを正義に渡す。正義は仕方なくバッグを持つと、こっち、と理沙を階段に手招きをした。正義の部屋の隣の洋間に理沙を連れていくと、

「正義君は、私より一つ下なんだよね？　どこの高校に通っているの？」

と理沙が聞いてきた。正義は小さな声で、M高校、と答える。

「どこにあるの？　S高校と近い？」

「遠いか近いかなんて、関係ないだろ」

「なんで？　近かったら違う高校でも途中まで一緒に通うことができるじゃない？」

理沙の目がまっすぐに正義を見る。女子とこんなに近くで目を合わすのはいつぶりだろう、と正義はぼんやり思った。

「M高校は通信制なんだ」

「通信制？」

理沙の言葉に、正義はカチンときた。こいつは僕を馬鹿にしているに違いない。

「僕は小・中とイジメに遭って不登校になったんだ。だから通信制に通っている」

イジメに遭ったというのは、違うとわかっていた。自分からワガママを言い、無理を通して、気が付くと周りから浮いていた。でもそれは、美穂子のせいだと思っている。美穂子が、ワガママはいけない、時には周りに合わせることも必要だ、と教えてくれれば、僕はこんなふうにならなかった、と正義は思い、常々美穂子に当たっていた。

「へえ、そうなの。通信制って全く学校に行かないの？　それともたまには行くの？」

理沙の問いに少し拍子抜けする。イジメについて何かしら言及してくるのではないか、と正義は予想していたのだ。

「月に一度は行く。あと行事の時も行く」

ふーん、と理沙は相槌を打つ。どうせ大して興味がないのだろう、と正義は思った。

「それで正義君は、高校を卒業したらどうするの？　将来は何になりたいの？」

理沙が再びまっすぐ正義の顔を見ながら聞いてきた。

「え？　そんなこと、考えてない」

正義が馬鹿正直に答えると、理沙は即座に、もったいない、と言った。

「君はイジメに遭ったんでしょ？　イジメに遭ったのならば人の痛みを人一倍わかっているはずだよね。ならばその貴重な経験を活かして、人の役に立つことができると思うんだけどな」

理沙の言葉は、何故かスーッと正義の胸に入ってきた。僕は、人の痛みを人一倍わかるのか？　正義は理沙に、じゃあ君は何になりたいのか、と聞きたかった。聞きたかったが、どうやって話しかけていいのかわからず、ただ黙っていた。

「なんちゃって。偉そうなことを言ったけど、私はね」

正義が黙っていると理沙が話し始めた。

「私は、陸上でインターハイに出ることが夢だったの。こう見えて、運動神経いいんだから」

理沙がペロリと舌を出した。均整の取れた引き締まった身体は、素直にかっこいい、と思った。それに比べて、と正義は、久し振りに自分の体型を恥じる。時には家から一歩も外に出ず、お菓子とジュースを貪り、ベッドに寝ころびながら、昼夜逆転でゲームに没頭しているうちに、体重はみるみる増え、筋肉は脂肪へと変化してしまった。

「でもやっぱりインターハイは遠い。学校で一番速くても、長野市の大会でいい成績を出しても、県の大会に進めば、もっとすごい人がいる。ましてやインターハイに行くには私レベルの人間では、難しい。そんな時に怪我をしたのね」

理沙が言葉を止める。正義は次の言葉を待った。

「膝を痛めたんだけど、もう走れなくなっちゃって、あ～、駄目だって思った時、パパが一生懸命、色々探してくれて」

また、言葉が止まる。正義が見ると、理沙は泣いていた。正義がそこにいることを忘れたかのように、涙をポロポロと流し続けていた。正義は、気の利いた何かを言おうとしたが、言葉が見つからなかった。ザワザワとした何かが正義の心をよぎった。それは木の葉がゆっくり舞うような速度だったが、正義には生まれて初めての感覚だった。

「あ、ごめん。パパ、もういないんだ、って思ったら涙が出てきちゃった」

理沙が口の端を少し上げながら言った。無理に、と正義は小さな声で呟く。ふと誰かに肩をギュッと掴まれたような気持ちになり、

「無理に笑わなくていいよ。辛いなら泣きなよ」

と正義は、しっかりとした声を出した。理沙の目が一瞬大きくなったような気がした。その大きな目から涙がとめどなくこぼれる。理沙は声を出さずに、肩を震わせながらずっと泣いていた。正義は、自分で声を掛けておきながらどうしていいかわからず理沙を見ていたが、自分の部屋に行くと、タオルを持って再び理沙のところに戻った。黙ったまま理沙にタオルを手渡す。何も言わなかったのではない、何も言えなかったのだ。タオルを受け取った理沙も、ただただ泣き続けた。

実際には一〇分ほどの時間だったが、正義には何時間にも感じられた。

「ごめんね。初めて会った人の前でこんなに泣くなんておかしいよね」

自分の中で整理がついたのか、やっと泣きやんだ理沙に、

「初めて会ったけど、僕たち血が繋がっているんだからさ。泣いてもいいんだよ」

と正義は言った。自分の口から出た言葉なのに、正義自身がその言葉に驚いた。

「正義君、優しいんだね」

理沙が真っ赤に泣き腫らした目で見つめながら言った。優しい？　僕が？　理沙の言葉に正義は戸惑った。優しいなんて言われたことは、人生の中で一度もなかったんじゃないか？　その理沙の一言は、正義の心に響いた。

「でね、話を戻すけど、パパのおかげでいい接骨院の先生に出会うことができて、私の怪我は治ったの。見事復活よ」

充分泣いたからなのか、理沙は突然泣く前に話しかけていた話を再び始めた。

「じゃ、接骨院の先生になりたいの？」

正義が聞くと、

「ううん、私はスポーツを続けることができて本当に幸せだったから、スポーツに携わる仕事であれば何でもやってみたいの」

と理沙が胸を張って答えた。

「なんだよ、それ。理沙ちゃんだってやりたいことがまだ見つかっていないじゃん」

あ、本当だ、と理沙が首をすくめて笑う。笑いながら理沙は、正義の二の腕の辺りをポンポンと叩いた。正義もつられて笑う。笑いながら、最後に心から笑ったのはいつだっただろう、と正義は思った。

理沙と会ってからまだ一時間も経っていない。それなのに、ずっと前から知っているような不思議な感覚に正義はとらわれていた。

「いとこって、不思議ね。初めて会ったのにそんな気がしない。前から知っているような感じ。これが血の繋がりなのかな？」

理沙の言葉に、正義は素直に頷いた。人の意見に素直に頷くのも、久し振りだった。何故だろう。何が自分を短時間で変えてしまったのか、正義自身にもわからなかった。

理沙が自分と同年代のいとこだったから？　一人っ子の自分には姉のように思えたから？　理沙が突然両親と死に別れるという悲惨な経験をしたから？　目の前で理沙が泣いたから？　理沙に優しい、と言われたから？

その全てが正解のような気もし、全てが違うような気もした。

「何故、相談もしないで、うちで預かることにしたの？」

リビングでは、美穂子が徹に詰め寄っていた。徹の言うことには黙って従っていた美穂子にしては、珍しい行為だった。それほど納得のいかないことだった。

「相談していれば、君はＯＫしたかい？」

徹に聞かれ、美穂子は口を閉ざす。相談をされれば、間違いなく断っただろう。正義だけで精いっぱいだった。小学校五年生から不登校になり、結局中学三年間はほとんど学校に通うことがなかった一人息子。不登校児や障がい児を受け入れるM高校に入学できたもののパート仲間たちに、事実を告げずにいた。

「幸村さんのご主人って、早稲田出身で大手メーカー勤務でしょ。幸村さん自身も女子大を卒業する時、総代を務めたって仰っていたし、さぞかし息子さんも優秀なんでしょうね」

と言われ、美穂子はええ、まぁ、としか答えることができなかった。

パート仲間の詮索に、つい徹の出身大学や勤務先、自分の経歴を自慢してしまった。でも言わずにはいられなかった。すごいわね、と褒められ自尊心をくすぐられることが、美穂子にはたまらなく快感だった。だからこそ、正義のことは隠し通したかった。学区の東中ではなく、学区外の南中に入学を決めたのも、無意識に正義を隠したかったのかもしれない。

俺は、と徹が話し始めた。

「俺は、親父が嫌いだった。東大に行くことだけが成功者で、それ以外はクズ扱いする親父が大嫌いだったんだ。守兄さんと俺は東大に行けなかった。いや、守兄さんは東大を受けなかったから、行かなかった、が正しいかもしれないな。親父にきちんと真正面から反抗し、自分の正しいと思う道を貫いた兄さんだった。光兄さんみたいに東大を出て弁護士になって、ある意味親父を超えるのもすごいと思うよ。落ちこぼれの俺にとっては、二人の兄さんは手の届かない憧れなんだ」

徹は、スーッと大きく息を吸った。

「だから守兄さんが亡くなった、と聞いてとてもショックだった。久し振りに会った親父も落ち込んでいて、一回り小さくなっていたよ。驚いたのはお袋の姿だった。いつも親父の後ろで小さくなっていたお袋が、理沙ちゃんのために奔走していたんだ」

「あのおとなしいお義母さんが？」

「あぁ、あのお袋がだ。長野県内に暮らしていても、守兄さんは、親父やお袋と距離を置いていたらしい。だが、お袋は密かに守兄さん一家を見守っていたようなんだ。理沙ちゃんが両親を失い、孤独になったと知るや、理沙ちゃんがこれから金銭面で困らないように、まずは光兄さんに相談したらしい」

徹の言葉に、美穂子は驚いた。東大を出た義父ではなく、高卒で学がない、と言われ続けた義母が、理沙のために素早く的確に動いたとはにわかに信じられなかった。

「そして、次にすぐに俺に電話を掛けてきて、理沙ちゃんを預かるように、と言ってきた。預かってほしい、とか、預かってくれ、じゃない。預かれ、という口調だった」

徹はそこまで一気に言うと、何故か小さく笑った。

「預かるしかないだろう？　あのお袋から言われたんだ。いつも親父の陰でそっと俺たちを見守るしかできなかったあのお袋からの言葉だよ。そして俺の尊敬する守兄さんの大切な一人娘なんだ。預かるな、と言われても、俺から是非面倒を見させてほしい、と言うべきだと思った」

徹がそこまで熱く語るのは、初めて見た。どこか冷たく、正義の子育てに関しても、美穂子に丸投げをしている徹である。

「マー君のことも、それくらい真剣に考えてくれればいいのに」

美穂子は思わず呟いた。すると徹がまっすぐ美穂子の目を見つめ、

「そうなんだ。正義のこともちゃんと向き合わなきゃいけない、って思ったんだ。俺も美穂子もいずれは死ぬ。その時に正義は一人で生きていかなければならない。一人で生きていく力を俺たちは付けてやらなきゃならないんだよ」

と言った。尊敬していた兄が突然この世から去ってしまったという事実は、今までの徹

の生き方や考え方を一八〇度転換させるだけの威力を持った出来事だったのか。美穂子は心の中で何かが解けていくような気がした。

「美穂子には迷惑を掛けることになる。もちろん美穂子だけに全てを押し付ける気持ちは毛頭ない。俺も責任を持って、理沙ちゃんを見守っていく。理沙ちゃんを助けたい。頼む。理沙ちゃんを預からせてほしい」

　徹が頭を下げた。

「もうすでに二階の洋間にマー君が理沙ちゃんを連れていったのよ。今更、預からないなんて言えないわよ」

　徹がありがとう、と美穂子の手を両手で包んだ。久し振りに触れた夫の手は大きく、そして温かかった。

　理沙が来たことで、もしかしたら何かが変わるかもしれない。美穂子は、化学反応が起きることを密かに期待しながら、二階に続く階段を見つめた。

八、トンネルの向こう側

理沙にとって、新しい生活は何もかもが違いすぎた。大好きな父も母ももうこの世にいない。朝、目覚めた時、その絶望感に、何度涙を流したことだろう。夢であってほしい、と何度願ったことだろう。だが現実は覆ることはなかった。

過酷な現実に押しつぶされそうになっていた理沙にとって、S高校での生活は刺激的なものだった。長野での成績は良かったので、勉強についてはあまり気にせず転校したが、実際は想像とはかけ離れたものだった。S高校に通う学生の熱量に、正直初めはついていけなかった。高校二年生の段階で、ほぼ全員が志望校を絞り、そこに向けてスケジュールを逆算して勉強に取り組んでいた。この時期は苦手科目を克服する、この時期は得意科目を強化する、この時期は志望校の過去問題から傾向を探る、といったことを誰に言われるでもなく、皆が自主的に行っている姿を見て、理沙は敵わない、と自信をなくしかけた。

こんな時、父の守だったら何と言ってくれたのだろう。母の陽子だったら笑いながら勇気づけてくれただろうか。

「大丈夫。理沙はパパとママの子だから、きっと乗り越えられる」

守と陽子の声が聞こえたような気がした。

理沙の持ち前の負けん気に火が点いた。ここで落ち込んでいたら、私じゃない。私はパパとママの遺伝子をこの世に残し続ける使命を帯びているのだ。

陸上部に中途入部することも考えたが、そこはキッパリと諦め、体力作りは通学時に行うことに切り替えた。S高校は、丘の上に建っている。最寄りの駅から急な坂道を上った頂上にあり、見晴らしはすこぶる良い。理沙は最寄りの駅から学校までを一気に速足で歩くことを心掛けた。かなりの傾斜なので、ほとんどの生徒はあまり速く歩けない。少し前のめりになり、黙々と速足で歩く理沙は、理沙自身の知らないところで、その駅を利用する生徒の間でちょっとした噂になっていた。

クラスには意外とすぐに馴染めた。高校で転校生が入ってくるというのは、稀なケースなので、最初は周りが多少騒がしく感じたこともあったが、一週間もすると、それも落ち着いた。席の近い女子とはＬＩＮＥを交わすくらいの仲にはなったし、休み時間やお弁当の時間に共に過ごす友人もできた。だが各々が「自分自身」を明確に意識しているからだろうか、それ以上深くは立ち入ることはなく、ある意味いい距離を保った友人関係が構築されていた。

長野時代、弥生をはじめ、多くの友人とどうでもいい話で笑い転げていた時期を思い出し、寂しく感じることはあったが、それはそれで、休みの日に弥生の顔を見ながらLINEで話せるネット環境が、理沙の心の襞を埋めてくれていた。

理沙は毎朝起きるたびに、一呼吸置くと、ヨシッと気合を入れてベッドから飛び起きられるまでになっていた。S高校の制服に着替えると階下に行き、お弁当を詰める。

お弁当については美穂子が作るから、と言い張ったのだが、前日の夕飯を多めに作り、その残りを翌朝詰めるということで話はまとまった。

その夕飯作りについても、理沙はできるだけ手伝う、と言った。パート帰りの美穂子のほうが、高校からの理沙よりも早く帰宅する。美穂子は当然のように四人分を作っていたのだが、理沙は自分にも手伝わせてくれ、と言って聞かなかった。

「料理を覚えたいんです。長野でも時間があれば母と一緒に作っていました。時間のある時には一緒に作らさせてください」

理沙があまりにも熱心に頼むので、美穂子は根負けし、時間が合えば一緒に作るようになっていった。夕飯作りの時間に間に合わない時には、後片付けを理沙がする、というふうに取り決めた。

理沙が後片付けをしている時間は、美穂子にとって突然与えられた自由な時間だった。だが、その時間が幸村家の三人に異空間を生み出していった。

理沙は後片付けをしている間、必ず歌を歌う。最初のうちは鼻歌程度だったのだが、だんだんと歌詞も付けて歌うようになっていた。それがなかなかうまい。おそらくカラオケで歌えばかなり高い点数を叩きだすのではないかと思うほどの歌唱力だった。

その歌を聞いて時折正義が声を掛けた。

「理沙ちゃん、その歌、僕が今やっているゲームのアニメの主題歌なんだよ」

「知ってる。そのアニメ、人気よね。私は歌しか知らないけど」

理沙がお皿を洗いながら答える。そのあと正義は再びゲームをするのだが、そんなちょっとしたことでも、美穂子は正義の変化を感じて嬉しくなった。

理沙が後片付けをしながら歌う横で、正義はソファに寝ころび、ゲームをしている。美穂子はダイニングでその日の新聞を読んでいる。三人が各々好き勝手に過ごしながら、流れる空気が前と違って確実に温かくなっていた。

学校がない日は、理沙は必ず美穂子と共に台所に立つようにした。血が繋がっているとはいえ、今まで一度も会ったことのない自分を受け入れてくれた徹と美穂子と正義には、自分ができる限りの恩返しをしなければならないと思ったからだ。

それに理沙は家事そのものが嫌いではなかった。母の陽子は専業主婦だったが、理沙が小さい頃から一緒に家事を手伝わせていた。

理沙が一番好きな家事は洗濯だった。理沙がそう言うと陽子は、

「洗濯は洗濯機がしてくれるのよ」

と笑って言っていた。

「そうだけど、洗濯物を干したり、たたんだりするのが好きなの」

理沙が言うと、陽子は更に笑いながら、

「ママも好き。太陽の力で洗濯物がパリッと乾くと、改めて太陽の偉大さに感謝しちゃうのよね」

と言った。

洗濯物を干す際、パンパンと叩き、しわを伸ばし、形を整えてから干す。洗濯物同士を密着させない。ズボンやスカートはポケット部分が乾くように裏返しにしてから干す。厚

手のものは日光がより良く当たる場所に干す。

干し方のコツも、陽子と一緒に干しているうちに自然に覚えた。中学に入り、週末も部活に行くようになると一緒に干すことはなくなったが、洗濯物は毎日一緒にたたんでいた。洗濯物を一緒にたたむわずかな時間がかけがえのないものだったのだと、陽子を失ってから理沙は胸が苦しくて息ができなくなるくらいに実感していた。

横浜での家事をしない環境は、理沙にとっては物足りなさを感じさせた。

色々な家庭があるということは、頭の中ではわかっていても、美穂子一人が甲斐甲斐しく働き、その横で何もしない徹と正義を見て違和感を覚えていた。自分の好きな家事をすることで美穂子が楽になるのではないか、理沙はそう思ったのだった。

美穂子にとっては、思いがけない申し出だった。この家で美穂子以外の人間が家事をすることは一切なかった。そして、そのこと自体に美穂子が疑問を持つことも、不満を持つこともなかった。当たり前のことだと思っていたのだ。

理沙が夕飯作りを手伝わせてほしいと言ってきた時は、とんでもないと思った。断った。だが理沙は「邪魔をしないから」と頭を下げて頼んできた。そこまで言うのならば、と美穂子は渋々承諾した。

最初のうちは煩わしく感じていた美穂子だったが、そのうち、調理を手伝ってくれるという行為そのものよりも、理沙と交わす何てことのない会話が楽しくなっていた。

そんな美穂子と理沙の会話を、正義も聞くとはなしに聞くようになっていた。明るい笑い声が聞こえると、どんな内容で笑っているのか気になり、ゲームをする手を止めて耳を傾ける時もあった。

徹も会社から帰宅すると、家で響く女性二人の笑い声を聞き、最初こそ戸惑いを感じていたが、帰宅することが嫌でなくなっている自分に気が付いていた。

相変わらず息子の正義はソファでゲームをしている。しかし以前ならば、徹の姿を見るとスッと二階へ移動していた正義が、今はそのままゲームを続けている。そして何より驚いたのは、時折正義が美穂子と理沙の会話に加わっていることだった。

「ねえねえ、正義君、どう思う?」

と、理沙が会話に誘うこともあるが、二人の会話に、

「それはないよ。ありえない」

などと正義から話に加わることもあった。少しずつであったが、理沙が来たことで、幸村家に変化が起きていた。

ある日の週末のことだった。正義はリビングでゲームをしていた。書斎にいた徹が書類を取りにダイニングに来るといつもの通り、夕飯の用意をするためにキッチンに美穂子と理沙が入っていった。唐突に理沙が、

「正義君も一緒に作ろうよ」

と声を掛けた。正義はゲームの手を止めると、

「え、嫌だよ」

と答える。すると突然、は？　と理沙が眉根を寄せると、ソファに寝ころんでいた正義の手を思いきり引っ張った。

「通信制の高校に通ってほとんど家にいるんだよね？　じゃ、家事をやらなきゃ。こんなチャンス活かさなきゃ駄目でしょ？」

理沙の言葉に、「チャンス？」と正義が返した。

「そう。大チャンス！　イマドキ男子は、家事ができてなんぼなのよ。さ、一緒にやりましょう。皆でやったほうが時間短縮にもなるでしょ。」

正義は理沙の勢いに負けて、渋々とキッチンの中に入ってきた。

「叔母さん、今日の料理は何ですか？」

「そうね、今日はカレーにしようと思っているんだけど」

美穂子も正義同様、理沙の勢いに負ける。負けてはいるけど、楽しい。正義も慌ててはいるが、嫌な気持ちではないことが、見て取れた。

「まずは玉ねぎを切ろうか。正義君、玉ねぎの皮を剝くくらいならできるよね」

と理沙は正義に玉ねぎを渡す。

「私はお肉と人参を切ります。うちのママはジャガイモをレンジでチンして、あとから入れていましたが、叔母さんはどうしてます?」

「じゃ、理沙ちゃんのやり方でやって」

「わかりました。えっと、じゃあ、叔母さんは洗濯物を取り込んでたたんでください。今日は、私と正義君が料理担当をするので、洗濯物をたたむのはお休みさせてください」

理沙がサラッと言うと、正義は慌てふためいて、無理だよ、無理だよ、と繰り返した。

その慌てぶりに美穂子は思わず噴き出した。

「じゃ、理沙ちゃんの一番好きな洗濯物をたたむのは今日は私がするから、マー君と理沙ちゃんにカレーを作ってもらおうかしら」

美穂子の言葉に、正義は大袈裟に身体をのけぞらせた。その姿がおかしくて今度は徹までが噴き出した。

「大丈夫。私が教えるから。一緒に作ろうよ。自分で作ったカレーは格別美味しく感じるから」

理沙はそう言うと、手際よく肉を切る。

「皮を剥いてくれたから、玉ねぎは正義君が切ってみる？」

「僕、包丁を握ったことがない」

「へえ、そうなの？　わかった。じゃ、私が切るから見ていてね。まずは半分に切るでしょ。そこから薄く切っていくの」

包丁の持ち方、左手の添え方も教えてもらい、正義は恐る恐る玉ねぎを切っていく。厚さはまちまちだが、どうにかこうにか切ることができた。目が痛くなり、涙が出る。

「お鍋に油を入れて火にかける。油が温まってきたら、玉ねぎを入れて、飴色になるくらい炒めるのが正義君の係だから」

理沙に言われるままに正義が動く。玉ねぎが焦げないように、木べらでかき回す正義の姿を見て、美穂子は胸が熱くなった。理沙がこの家に来てまだそれほど時間が経っていないというのに、優しい空気が流れていることを、徹も美穂子も正義も感じていた。

その夜から、美穂子を中心に理沙と共に正義も夕飯作りに参加することになった。正義はブツブツ文句を言いながらも、一度もさぼったことがない。もともと食べることが大好きだったため、自分の欲求を満たすことにもなり、調理は一石二鳥、いや、それまでの自堕落な生活からの脱却を考えたら、一石五鳥くらいの効果があった。

九、出口に向かって

美穂子は理沙が来てから、徹にも正義にも、そして自分自身にも変化が起きていることをしみじみと感じていた。

「僕がこうなったのはお前のせいなんだからな。責任を取れ」

などと美穂子に向かって暴言を吐きまくり、時には暴力を振るうこともあった正義が、今やキッチンに入り、美穂子に揚げ物のコツを聞いてくる。奇跡だと感じた。

結婚式に参列してくれた理沙の父である守のことを思い出す。ほとんど覚えていないが、妻の陽子に対して、優しく接していた記憶だけはあった。生きているうちに守とも陽子とも話してみたかった。一体どのように育てたら、こんなにいい子が育つのか聞いてみたかった。

変化は徹にも訪れた。大学入試で失敗してから、学生時代も社会人になってからも、どこか自分自身を冷めた目で見ていた。美穂子と結婚して幸せな家庭を築こうと思っていいたはずなのに、正義がつまずいた時、全てを美穂子に任せて逃げてしまった。守兄さんならば、どうしただろう。両親を失っても、素直に健気に生きている理沙を見て、自分の子育てについて今一度見返してみよう、と心に決めた。

理沙は自分の存在が、三人に変化をもたらしているなど思いもせずに、今はただ、両親がいないこの世の中で、どうやって生きていけばいいのか、何を目指せばいいのかを考えていた。

季節は過ぎ、陽が落ちる時間がみるみる早くなり、いつの間にか秋の虫の声も聞こえなくなっていたある日の夜の食卓で、理沙は思いきって徹に切り出した。

「徹叔父さん、私、光叔父さんに会ってみたいんですが」

理沙の突然の申し出に、徹は少し驚いた様子だったが、

「わかった。今度一緒に訪ねよう」

と答えた。美穂子も徹の真意はわからなかったが、それが正しい選択のように思えた。

「僕も行く」

正義が、まっすぐと徹の目を見つめながら言った。わかった、と今度も徹が頷く。

美穂子はまるで舞台を見ているかのような錯覚を覚えた。自分の目の前で、舞台の装置が反転していくかのような錯覚。今までの暗かった舞台が、クルリと一八〇度回転して、明るい舞台上に自分たちが存在しているように感じた。

義兄の光に会うことで、何かが早急に変化するとは思えないが、明らかに今までとは違う景色が美穂子の目の前にあった。

ある休日、徹は理沙と正義を連れて光を訪ねた。久し振りに会う光は、実力と自信を兼ね備えた弁護士となっていた。徹は兄が眩しすぎて、まともに目を合わすことができなかった。俺はこの兄に会わなかった時間、何をしていた？　会社で失敗をして腐ったり、荒れる息子を妻に押し付けて逃げたり、実のない時を過ごしていたのではないか？　徹は自問自答した。そんな徹に、

「徹、お前も色々苦労しただろうが立派になったな」

と光が声を掛けた。父に反抗し、兄たちにコンプレックスを抱き、いつもどこか不満を持って生きていた自分の人生をも、光は否定しなかった。

「光兄さん、兄さんにこんなことを相談するのは変かもしれないんだが、力を貸してほし

い。守兄さんの子どもである理沙ちゃんは今、うちで預かっている。幸い守兄さんがきちんと財産は残してくれているので、経済面で困ることはないが、まだ一七歳だ。弁護士の立場から色々と相談に乗ってほしい」

徹の言葉に光は頷く。

「それから、こっちは俺の息子の正義だ。今、高校一年生だが小学五年生から学校に行っていない。正義がこれから生きていくにはどうしたらいいのか、やはり弁護士として相談に乗ってくれないか？」

「徹、一つ言っておくが、弁護士として相談に乗る場合は相談料がかかるぞ。俺自身は兄として、そして二人の叔父として相談に乗ってもいいと思うが、どうかな？」

光の言葉に、徹が答える前に、

「弁護士の経験を活かせる叔父さんとしてのアドバイスをお願いしたいです」

と理沙が言った。光は笑顔で頷く。

「さすが守兄さんの一人娘だ。決断が速いな」

「父は決断が速かったんですか？　私や母の前では、そうでもなかったですよ。レストランでメニューを決める時なんか、本当になかなか決められなくて大変でした」

「そう言えば、食べ物に関しては、意外と慎重派だったよ」

僕も、と正義が小さな声で言う。

「僕も弁護士の伯父さんとしてアドバイスをしてほしいです」

何を小さな声で言っているんだ、と徹が咎めようとした時だった。

「わかった。正義君にも伯父として相談に乗るよ。よく勇気を持って言えたね」

と光が褒めた。光の言葉に正義は本当に嬉しそうに笑顔を見せた。徹はその時、自分に何が足りなかったのかがわかったような気がした。正義の言葉を小さいと咎めようとした自分と違い、光は、勇気を出したと褒めた。マイナスの言葉からは何も生まれない。正義の笑顔はそれを語っていた。俺は今まで、何をしていたのだ、徹は自分を責めた。

それからのことはあまり覚えていない。とにかく光は自分のところに来たありとあらゆる事故や事件やその他諸々のケースを例に出し、これからどうやって生きていけばいいのかそのモデルケースを提案してくれた。それは決して押し付けではなく、人間の心の奥底にある本当の願望をうまく引き出し、これからの道しるべを示してくれるような見事なアドバイスだった。だが、光のアドバイスが全てだったわけではない。アドバイスを受けようと思った時点で、生まれ変わりたい、という理沙や正義や徹の心の扉は開きかけていたのだと、今はわかる。扉の鍵を開けたのは自分自身で、光はその向こうに伸びている道へと背中を押してくれただけなのだ。

あれから徹は、社内の企画コンペに積極的に応募し、見事採用されることで自信を取り戻した。守が起こしたような交通事故を少しでも減らすために、メーカーの人間として何かできないか、常に考え、カーナビと車のアクセルとブレーキを連動させるシステムの開発にこぎつけることができた。

理沙は大学に進学するにあたり、スポーツに携わりたいという気持ちが大きかったので、スポーツ科学部の受験を決めた。スポーツが人々にもたらす力を広域から捉えることで、様々な分野にアプローチしていきたいと思ったからだった。

正義は、自分の奥底にある劣等感を取り除くことを試みた。小さい頃に徹に受け入れてもらえなかった寂しさ、何をしても美穂子に認めてもらえなかった喪失感、そういったマイナスの心をリセットするため、光の事務所で手伝いをすることを申し出たのだ。それは光が正義に掛けた一言がきっかけだった。アドバイスがほしい、と言った正義に「勇気を持って言えたね」と言ってくれた光の言葉が本当に嬉しかったのだ。

正義の行動に、徹も美穂子も驚いた。特に美穂子は、徹の兄である光に迷惑を掛けるのではないか、と最後まで反対したが、光は笑い飛ばした。

「美穂子さん、正義君はまだ高校一年生ですよ。迷惑を掛けられなかったら、僕が驚きます。迷惑を掛けて足を引っ張ってもそれを糧にすることができる年頃ですよ。それよりここに来たいと言った勇気を心から褒めてあげてください」

光の言葉に後押しをされ、正義は光の事務所に手伝いに行くこととなった。

正義が事務所に来るにあたり、光はいくつかの条件を出した。一番厳しく言われたのは、個人情報の取り扱いについてだった。光は直接個人情報を正義に触らせることはしなかったが、何かのきっかけで知りえた個人情報を外部に漏洩した場合、きつく処分を下すことを口酸っぱく伝えた。

「それはたとえ身内であろうが、未成年であろうが容赦はしない。もちろん僕も細心の注意を払う気持ちだが」

正義に対する光の気持ちが伝わり、徹も美穂子も感謝の気持ちでいっぱいになった。

それ以外にも、学校の勉強をおろそかにしない、約束の時間に遅れない、など細かな約束事が決められた。

「わかりました。全部ちゃんと守るのでよろしくお願いします」

正義の決意は固いようだった。アルバイト料は支払われず、ただし、交通費は光が払うということで、合意した。

正義は、弁護士になりたいわけではなかった。ただ、家から出て、光という大人を身近で見てみたいと思った。正義には密かに料理人になりたいという夢があった。食べることが大好きだったが、理沙と一緒に調理をするようになり、その魅力にとりつかれていったのだ。だが、ネットで調べたところ、料理人の世界は厳しいと知り、自分には無理だと諦めかけていた時に、光に出会った。光の元で、成長できるような気がしたのだった。料理人になれるかどうかは別として、まずは自分自身を見つめなおして、今までの自分とは決別したい。正義はそう思った。

徹と正義と理沙の変化を目の当たりにし、美穂子は一人、取り残されたような気持ちになっていた。理沙はもともとの性格が前向きだったのかもしれない。両親との別れで辛い思いをしていたが、また前を向いて歩こうという気になったのだ、と思った。

だが徹や正義の変化は、明らかに理沙が来てから、そして光に会いに行ってからのものだった。自分だけが変わらない、と美穂子は悲しくなった。

そんな時、思いがけず学生時代の友人である風間友梨佳から連絡があった。ＬＩＮＥをするうちに、そのまま会おうということになり、休みの日の昼間に銀座でランチをすることとなった。

「美穂子、元気？　結婚して、子どももう大きいんだよね？」

「ええ、もう高校一年生よ。友梨佳はどうしていた？」

「私？　あれ？　知らない？」

友梨佳が微笑みながら、ロイヤルミルクティーのカップを持った。

「私、今雑誌のモデルをしているのよ」

「え？　そうなの？」

美穂子が聞き返すと、友梨佳は、手元のバッグから雑誌を取り出した。それは主婦の間で人気のファッション雑誌で、美穂子は読んだことはなかったが存在は知っていた。友梨佳は誇らしげに、ここよ、とページを開いた。そこには『セレブ主婦の一日』と銘打ったタイトルの横に、ブランド品で身を固めた友梨佳がポーズを取っていた。

「すごいじゃない。素敵。とても綺麗ね」

ページをめくりながら、美穂子が言うと、

「ありがとう。こういったモデルの仕事って華やかなようで、忙しいのよ。でも楽しくやっているわ」

と友梨佳が、綺麗にセットされた髪をクルクルと左の人差し指で巻きながら答えた。

あ、友梨佳、悩んでいる、ととっさに美穂子は思った。学生時代から、彼氏とうまくいかない時、レポートが書けない時、何か悩みがあると友梨佳はいつもクルクルと髪を指に巻き付ける癖があった。

「友梨佳、すごく輝いている。辛くて大変なこともあるかもしれないけど、雑誌で見る友梨佳はとても綺麗よ。頑張って」

美穂子の言葉に友梨佳は一瞬、髪を巻き付ける仕草を止めて言った。

「美穂子、なんか変わった?」

友梨佳に言われて、美穂子は微笑んだ。

「どうかな。変わったのかもしれない」

「とりあえず、学生の頃よりはいい性格になったような気がするわ。あの頃の田中美穂子じゃない」

友梨佳に言われ、

「友梨佳も性格良くなった気がするわよ」

と美穂子は言い返した。二人は首をすくめると、お互いの顔を見ながら笑った。

徹や正義のように行動に起こしてはいないが、確実に自分も変わっている、と美穂子は感じていた。友梨佳に対して、学生の頃はなんであんなに敵対心を抱いていたのだろう。素直に友人として接することができたことが嬉しかった。今までにない感覚だった。

今なら徹の父や兄に対するコンプレックスも、正義を追い詰めていった自分の親としての稚拙さもわかるような気がした。自分も認められたかったのだ。


美穂子が翌日、出勤すると宮原聡子が話しかけてきた。

「幸村さん、仕事にはすっかり慣れた?」

「はい、すっかりとは言えませんけど、かなり慣れました」

「よかったわ。幸村さん、お客様への対応評価もとても高いし、もし良かったらパートではなく、正社員にならない?」

思いがけない申し出だった。

「実はうちの主人、親会社から出向していて、ここの会社の非常勤役員なの。その関係で私もここで働いているのよ」

聡子の言葉に、以前、聡子の家を見た際、その立派さに驚き、何故パートをしているのだろう、と疑問に思ったが、その答えがわかったような気がした。

「幸村さんの働きぶりを主人に話したら、是非社員に登用してみたら？　って言われて、私もそう思ったから、上司に提言したの。もちろん、幸村さんにその気持ちがあれば、の話ですけれど」

聡子の申し出に美穂子は戸惑いを感じながらも、自分も変われるチャンスかもしれないと思った。

「夫に相談してみます。前向きに考えさせてください」

今ならば、徹も正義も美穂子を後押ししてくれる自信があった。

「わかったわ。いいお返事待っています」

ニッコリと笑い、去ろうとする聡子に美穂子が再び声を掛けた。

「宮原さん、ごめんなさい。謝らなきゃいけないことがあって」

「あら、何かしら」

「先日、宮原さんの車に傷をつけてしまったの。隣の区画に私が停めていたのですが、足元にあった石をバンパーに当ててしまい、傷を付けてしまいました」

「あら、そうなの。気が付かなかったわ」

「ごめんなさいね。すぐに言わなきゃいけなかったのに。修理代は払います」

聡子は一瞬黙ったが、

「わかりました。修理代がわかったら請求させていただきますね。正直に言ってくださってありがとう」

と言った。本当は石が当たったわけではない。美穂子が車のキーで傷つけたのだ。だが、そこまでは告白することはできなかった。美穂子が打ちあけた瞬間、聡子は黙った。ひょっとしたら、わざと傷つけたことに気付いているのかもしれない、と美穂子は思った。もしそうであれば、あえて指摘しなかった聡子に感謝しよう。自分を認めてくれた宮原健也にも感謝しよう。以前ならば、そんなふうに思わなかった。相手の好意さえも上から目線だと、ひねくれてとっていた。本来ならば許されないことだが、美穂子は修理代を支払うことで自身の過去に別れを告げたいと思った。

幸村家のそれぞれは、まだトンネルを抜けたばかりだ。これからも色々な困難が待ち受けているかもしれない。自分が変わることで、何ができるのかはわからないが、前を向いて歩いていこう、と美穂子は思った。

著者プロフィール

辻上 みひろ（つじがみ みひろ）

1965年生まれ。

短期大学卒業後、会社勤務。結婚退職後、３人の子育ての傍らヘルパー職に就き、現在はケアマネジャーをしている。

神奈川県在住。

家族トンネル

2023年１月15日　初版第１刷発行

著　者　辻上 みひろ
発行者　瓜谷 綱延
発行所　株式会社文芸社
〒160-0022　東京都新宿区新宿1－10－1
電話　03-5369-3060（代表）
03-5369-2299（販売）

印刷所　株式会社フクイン

©TSUJIGAMI Mihiro 2023 Printed in Japan
乱丁本・落丁本はお手数ですが小社販売部宛にお送りください。
送料小社負担にてお取り替えいたします。
本書の一部、あるいは全部を無断で複写・複製・転載・放映、データ配信することは、法律で認められた場合を除き、著作権の侵害となります。

ISBN978-4-286-28005-9